AF340070

LE PARALELLE

DE

LOUIS

LE GRAND.

AVEC

LES PRINCES SURNOMMEZ

GRANDS.

Mis en Vers,

Et accompagné de Devises.

Par Mr. MAGNIN Conseiller au Presidial
de Macon de l'Academie Royale d'Arles.

AU HAVRE DE GRACE.

Chez JACQUES GRUCHET,
Imprimeur & Libraire de Monseigneur
le Duc de S. Aignan, & de la Ville.

M. DC. LXXXXVI.

A MONSEIGNEUR,
MONSEIGNEVR
LE DUC
DE SAINT AIGNAN.

PAIR DE FRANCE Commandeur des Ordres du Roy, premier Gentil-homme de sa Chambre, Lieutenant General de ses Armées, Gouverneur du Havre &c.
Protecteur
de l'Academie Royale d'Arles.

ONSEIGNEUR,

Comme le Nom de GRAND est de tous les tîtres celuy

qui dit le plus, & qui diſtingue davantage, il conviendroit parfaitement à l'idée que l'on a du mérite des Vertus & des Actions éclatantes du Roy, ſi perſonne n'en avoit eſté honorée que SA MAIESTE´ : mais comme il y a bien des Héros qui s'en ſont parez eux mémes, ou qui ont trouvé des Flateurs qui le leur ont donné, il faut neceſſairement recourir au PARALELLE, pour mettre la Grandeur de LOUIS dans ſon jour, & pour faire comprendre combien elle eſt au deſſus de celle que l'Hiſtoi-

EPISTRE.

re tant ancienne que moder-
ne a pris soin de nous repre-
senter ; Ce Paralelle MON-
SEIGNEVR est une espece
de Critique Heroïque, qui
ne sçauroit estre retouchée
trop souvent, & qui mérite
d'estre tournée de plus d'une
maniere, pour estre expli-
quée dans toute son étenduë
& regardée dans tous les sens
qu'elle doit avoir ; ainsi
MONSEIGNEVR quoi
que l'Ouvrage que j'ose vous
presenter comme un essai de
mes exercices Academiques
ne soit qu'une espece de Ver-
sion du PARALELLE, qui a

EPISTRE.

* Monsieur
de Vertron.

déja paru avec tant d'agrée-
ment, & tant d'estime sous
le Nom d'un * Illustre Histo-
riographe du Roy, & d'un
Célébre Academicien plus
poli, & plus connû que je ne
suis, je ne laisse pas d'estre per-
suadé, que j'ay trouvé l'Art
de luy donner un air de nou-
veauté, dont le dessein, &
l'invention me feroient peut-
estre un mérite, si j'avois eu
assez de force & d'adresse
pour le bien executer : mais
MONSEIGNEVR la hau-
teur du sujet, qui a fourni
une si raisonnable excuse à
tant de beaux Esprits, peut

EPISTRE.

bien servir de refuge à ma foiblesse. Depuis tant de tems qu'on s'efforce de loüer le Roy, quoi qu'on ait pû dire d'élevé, on sent qu'on ne s'éleve pas assez, que tous les Portraits sont bien au dessous de l'excellence de l'Original; & que si les Assiriens, qui adoroient le Soleil, ne souffroient point qu'on en fit des Images, parce qu'il est si visible, qu'on ne le peut mé-me voir sans le secours de sa lumiere, le parti d'admirer LOUIS LE GRAND, sans oser exprimer & rendre raison de ce qu'on admire, sera

toûjours le plus sûr & le plus
convenable au mérite infini
de ses Vertus

> Cette Grandeur inconcevable
> Charme & surprend également,
> Le fonds en est impenetrable,
> Dans l'Ame du Héros elle a son fondement ;
> Elle brille il est vray de plus d'une maniere,
> Mais pour en faire des Portraits
> Il la faudroit voir toute entiere,
> Et les yeux des Humains n'arriveront jamais
> A ce haut degré de lumiere.

Le secours du Paralelle est
ce que l'Art peut fournir de
plus juste & de plus inge-
nieux, par le raport qu'il paroist avoir avec ces expres-
sions négatives, qui nous font
(autant qu'il est permis à
l'Homme,) concevoir les

per-

EPISTRE.

perfections de Dieu, & nous representent ce qu'il est à force de nous dire ce qu'il n'est pas. Quand la gloire de LOUIS LE GRAND est comparée à celle de tous les Grands du Monde ; on conçoit tout de mesme à peu prés ce qu'il est, en considerant ce qu'ils n'estoient pas, & sur l'idée qu'on donne de leurs deffauts, on se forme celle de ses perfections, c'est à dire MONSEIGNEVR qu'on voit que separément, ou tous ensemble il s'en faut beaucoup que les Grands du Monde ne soient à cette hauteur

EPISTRE.

d'excellence, & de gloire où l'on voit LOUIS LE GRAND ainsi.

La Nuit a ses brillans malgré ses sombres voiles
    Mais par un effort sans pareil,
    Qu'on joigne toutes les Etoiles,
    On n'en fera pas un Soleil.
L'Histoire a ses Héros, en cent lieux elle assemble
Leurs vertus, leurs Exploits, leurs travaux inoüis :
    Mais qu'on les joigne tous ensemble
    On n'en fera pas un LOUIS.

Qu'ajoûterois - je a cette expression, MONSEI- GNEVR ? pour donner plus de jour à ma pensée, & pour faire mieux conçevoir, ce qu'on ne sçauroit jamais bien exprimer ; on loüe la grandeur de courage du Roy

son impenetrable secret dans
ses desseins , l'inviolable &
genereuse équité de ses sen-
timens, la tranquillité de son
Ame dans l'immensité de ses
soins, dans cette foule glo-
rieuse d'affaires , qui renfer-
ment les interests & la con-
duite de tout l'Vnivers ; cette fermeté pieuse , inébran-
lable & fidelle à la gloire de
Dieu, & de la Religion, qui
vient de faire sur l'Heresie en
trois mois ce qu'on n'auroit
pas osé esperer des soins de
plusieurs siecles ; & quand
on a dit tout ce qu'on peut
imaginer de plus fort , on

sent bien que tout est trop foible, & trop bas : pour atteindre à la hauteur du sujet, la Prose, les Vers ou François ou Latins, tout manque de force, & d'energie, ce n'est pas la faute des Orateurs, des Poëtes, ny des langues, MONSEIGNEVR au contraire ce GRAND ROY les anime, par ses faveurs, il les soûtient par ses liberalitez, & il les honore de sa Protection, mais il n'en est pas moins au dessus de leur Art; il semble mesme que plus il les annoblit, plus il s'éleve, & plus il les comble

EPISTRE.

de ſes graces, moins il eſt à la portée de leur reconnoiſ-ſance.

> Ainſi lors que du haut des Cieux
> Le Soleil fait fondre un nuage,
> La pluye eſt à la Terre un heureux avantage:
> Mais elle le cache à nos yeux:
> Et quand LOUIS LE GRAND des
> Filles de Mémoire
> Anime les travaux par ſes bienfaits divers,
> Moins leurs voix, & leurs plus beaux
> Vers
> Iuſqu'à la hauteur de ſa gloire
> Peuvent élever leurs Concerts.

Le parti du ſilence ſeroit bien le plus ſûr, & le plus reſpectueux, tout le monde en convient, & preſque perſonne n'a la force de ſe taire; cela vient aſſûrément MONSEIGNEVR de ce que l'a-

mour qu'on a pour le Roy,
l'emporte ſur le reſpect qu'on
doit au merite de ſes Vertus
(le mot n'eſt pas trop hardi)
& puiſque Dieu demande le
cœur, & qu'il ſemble faire
eſtime de l'amour de tous les
hommes, il doit eſtre permis
aux Sujets de faire une pro-
feſſion publique d'aimer leur
Prince.

LOUIS eſt GRAND, il eſt aimable
Tout l'Vnivers en eſt charmé,
De ſa puiſſance formidable
Le méchant peut eſtre allarmé :
Mais jamais Prince redoutable
Ne fût ſi digne d'eſtre aimé.

Si les Soldats de Iules Ce
ſar, charmez de la grandeu
de courage, & par les Vic

toires de leur General, firent du bonheur d'estre au monde, pendant qu'il vivoit, & d'estre les témoins de sa gloire & de ses triomphes leur souveraine felicité; si ces paroles, (Puissé je mourir pendant la vie de Cesar !) faisoient le plus sacré & le plus inviolable de leurs sermens, les François ne trouvent - ils pas dans l'éclat de la gloire & du régne de LOUIS LE GRAND des raisons de rencherir sur ce transport d'estime & d'amour ? & ne diront - ils pas dans l'ardeur de leur Zele, Puisse le Ciel,

EPISTRE.

,, prendre fur nos jours, ce qu'il
,, faut pour rendre ceux de
LOUIS immortels ! on
fçait MONSEIGNEVR,
on fçait que voftre grand
cœur n'hefiteroit pas un moment à faire ce vœu folemnel
pour un Monarque qui l'a
diftingué il ya fi long tems
par fa Royale eftime, comme vôtre Ame l'eft par fon
merite, & par tant de qualitez fi éclatantes, & fi pro-
pres à plaire toûjours à un
Prince fi jufte & fi éclairé
dans fon difcernement, fi
equitable dans fes graces, fi
conftant dans fes amitiez,

en

EPISTRE.

en un mot ſi grand en toutes choſes. Aprés cela MON-
SEIGNEVR je n'ay rien à
dire pour faire voſtre éloge,
jay marqué le plus bel en-
droit de voſtre gloire; l'eſtime de LOUIS LE GRAND
donne une idée de loüange
& de merite, qui va plus loin
que les Panegyriques les plus
achevez ; & quand j'ajoûterois tout ce que je pourrois
dire, que feroit ce ſi non ce
que la France, & toute l'Eu-
rope méme ont appris , &
publient ſans ceſſe à voſtre
avantage ? qui ne ſçait pas
que vous eſtes l'Arbitre de

**

EPISTRE.

ce qu'il y a de plus Noble, &
de plus éclatant dans les exercices militaires, & de ce qu'il
y a de plus fin, de plus élevé, & de plus poli dans la
Republique des Lettres ? qui
ne sçait pas enfin que

> *Mars & Minerve également,*
> SAINT AIGNAN, *ménagent ta Gloire*
> *Peut-on en doûter un moment,*
> *Si l'on consulte ton Histoire ?*
> *Les Palmes & les Lauriers*
> *Les Mirtes, les Oliviers,*
> *Tout entre dans la Couronne*
> *Que l'un & l'autre te donne :*
> *Cét endroit de ta vie est le plus éclatant,*
> *Le plus digne de loüange,*
> *Rien ne te distingue tant,*
> *Que ce glorieux mélange.*

J'aurois bien dû craindre
MONSEIGNEVR que
l'essay que je fais ici, ne fît

EPISTRE.

trop distinguer ma témerité :
mais le titre d'Academicien
Royal, dont vous m'avez vou-
lu honorer m'impofant une
efpece d'obligation de vous
donner une marque publique
de ma reconnoiffance , j'ay
crû que la dignité du fujet
que j'ay choifi, ferviroit d'ex-
cufe à ma foibleffe & que
vous approuveriez la fin que
je me fuis propofée , de vous
témoigner par ce petit Ouvrage combien je fuis,

MONSEIGNEVR,

*Voftre tres-humble & tres-
obeïßant Serviteur* MAGNIN
*Ancien Confeiller au Prefidial
de Macon, de l'Academie Royale.*

A MONSIEUR DE VERTRON

HISTORIOGRAPHE DU ROY
DE L'ACADEMIE ROYALE D'ARLES.

SONNET.

Mesurer la Grandeur faire le
PARALELLE
De tous les Grands du monde avec le GRAND
LOUIS,   (mortelle,
Voir dans son plus beau jour cette Gloire im-
Cét amas de vertus, de travaux inoüis.

Du plus parfait des Roys faire un Portrait
       fidelle,
Quels yeux à cét aspect ne seroient éblouïs !
Ce dessein auroit fait trembler la main d'Apelle
Et tant de Grands Auteurs qui sont évanoüis.

VERTRON Tu prens un vol qu'aucun ne
      pourra suivre,
Tout est beau, tout est grand, tout est rare en
      ton Livre,
Il te doit élever au comble des honneurs :

La matiere en est riche, éclatante, infinie ;
Et pour donner le prix à toutes les Grandeurs,
Qui ne conclura pas qu'il faut un Grand Genie ?

DEVISE
POVR
LES PRINCES SURNOMMÈZ GRANDS.
Comparez
A LOUIS LE GRAND.

LE CORPS de la Devise ... Est le Ciel parsemé
d'Estoiles.

L'AME, ces mots .... Luminaris præludi[?]
Magni.

SVR *tous les* GRANDS HEROS *qui son[t]*
évanoüis,   *(*LOUIS
Dieu faisoit des eßais, pour nous donne[r]
Vn Chef d'Oeuvre en effet si grand si magni-
*   fique,*
De la Toute Puißance est un Ouvrage unique
Et si de l'Eternel les Roys sont les Portraits,
le HEROS *que je chante en a seul tou[s]*
*   les traits.*

APOSTROPHE

AUX PRINCES SURNOMMEZ GRANDS.

SONNET.

CIRUS, ANTHIOCHUS, THEO-
DOSE, ALEXANDRE ;
POMPE'E, OTHON, CANUT, SAN-
CHE, JUSTINIEN,
CHARLEMAGNE, CLOVIS, & VA-
LENTINIEN,
ALPHONSE, TAMERLAN, *Ie vous veux*
tous comprendre :

La grandeur n'estoit pas , ce qu'on vous
fit entendre.
OTHOMAN , CONSTANTIN, *Ie ne*
déguise rien ;
GUSTAVE, SOLIMAN , HENRY, *Sça-*
vez vous bien
La grande Verité , que je vais vous apprendre ?

LE TRES-HAUT, *qui vouloit icy bas*
figurer
Son Immense Grandeur qu'on ne peut mesurer ,
Vous fit les Précurseurs d'une Grandeur future.

Venez la voir briller à nos yeux éblouis ;
Et si la vostre enfin n'en fut que la figure ,
Quel hömage en ce jour devez vous à LOUIS ?

A

DEVISE

POVR CIRVS

LE CORPS... Un Lion pris & mort dans des toiles, à qui une Cicogne arrache les yeux à coups de bec.

LE MOT.. Heu Magnus qui præda jacet!

Ah Grand Vainqueur de qui te vois-Il la Victime !

DEVISE
POUR
LOUIS LE GRAND.

LE CORPS...Un Aigle qui s'éleve dans les airs

LE MOT. Semper alta, & grandia semper

Diflingué par un vol toûjours grand & sublime!

PARALELLE
DE LOUIS LE GRAND
AVEC LE GRAND CIRUS.

SONNET.

LORS que tu nous fais voir Antiquité
    trompeuse
Cirus ſi rehauſſé par le titre de GRAND,
Tu nous devois au moins celer ſa fin honteuſe,
Et ne pas découvrir ce qu'elle nous aprend.

On y voit Thomyris fiere & victorieuſe
Immoler ce Heros; & le ſang qu'il répand
Nous rend avec raiſon ſa Gloire fort douteuſe,
Puis qu'une Femme enfin le bat & le ſurprend.

Iray-je donc LOUIS, à ſa foibleſſe ex-
    tréme,
Iray-je comparer cette Grandeur ſupréme,
Qui montre à l'Vnivers l'éclat de tes Vertus?

Non; pour faire en un mot le Portrait de ta
    Gloire;
On orne le Roman des Grandeurs de CIRUS
Et la tienne fera tout l'honneur de l'Hiſtoire.

DEVISE.

POVR ALEXANDRE.

LE CORPS ... Un Torrent qui ſe precipite d'ur Rocher & qui ſe perd dans des Cavernes.

LE MOT. Rapidæ medio perit ille viæ

Il va viſte & perit au milieu de ſa courſe

DEVISE
POUR
LOUIS LE GRAND.

LE CORPS ... un grand Fleuve qui coule dan des plaines.

LE MOT. Famam nominis auget eundc

Il croiſt en s'éloignant, quoy que grand dés ſ ſource.

ALEXANDRE.

S I beaucoup usurper, & beaucoup entrepren-
        dre
Suffit pour meriter, d'estre surnommé Grand
On ne peut pas douter, un moment qu'A L E-
     X A N D R E   (rend.
N'ait bien acquis l'honneur, que l'Histoire luy

Il bat ce qu'il veut battre, il prend ce qu'il
       veut prendre
Il va de Grece en Perse, & comme un fier
       torrent   (prendre
Ravage, entraisne tout sans qu'on puisse com-
Où se doit terminer tout ce qu'il entreprend.

Mais quand je vois L O U I S par une force
       extrême   (me
Plus Grand que la grandeur de son courage mes-
Toûjours Victorieux, & jamais emporté;

Calme avant le Combat, calme apres la Vi-
       Ctoire,   (té
Toy! qui n'eus pour vertu qu'un courage indom-
Dis-je! avec mon Heros, mesures-tu ta gloire?

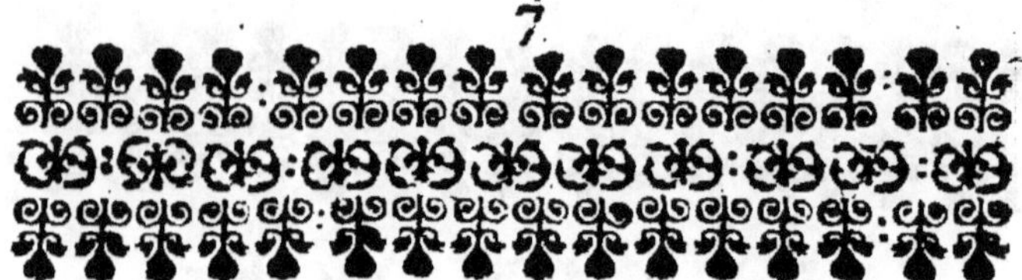

DEVISE
POVR ANTIOCHVS.

LE CORPS... Une Aigle qui lie une Perdrix.

LE MOT. Humilis quæ gloria prædæ ?

Contre un foible ennemy, la Victoire est facile.

DEVISE
POUR
LOUIS LE GRAND.

LE CORPS...Un Elephant qui se joüe avec des Moutons.

LE MOT.... Magni placabilis ira.

Il est grand il est fort, mais il est trés-docile.

ANTIOCHVS.

SVperbe ANTIOCHUS, quand je lis dans
    l'Hiſtoire
Ce qui t'acquit le titre, & le ſurnom de Grand
La Flateuſe qu'elle eſt, j'ay peine de la croire,
Indigné que je ſuis, de ce qu'elle m'apprend.

Quoy l'on s'eſt aviſé de te couvrir de gloire
Pour avoir uſurpé le Trône d'un enfant
Et ce qui devroit eſtre honteux à ta mémoire,
Sera de ta grandeur l'injuſte fondement.

L'Invincible L O U I S eſt Grand par ſa
    Iuſtice,
Ell'eſt de ſes deſſeins la ſage Directrice,
Elle regle ſes droits & meſure ſes coups.

Des foibles oprimez ſa Puiſſance eſt l'Aſile
Et quand un Orgueilleux ſouleve ſon courroux
Qu'il rentre en ſon devoir, il eſt doux, & facile.

DEVISE

POVR POMPE'E.

LE CORPS. Une Montagne qui couvre des feu⸱ ſoûterraius qui paroiſſent ſe faire pluſieur⸱ iſſuës.

LE MOT. Tentat multas occultè vias.

Il eſpere en ſortir de plus d'une maniere.

DEVISE

POUR

LOUIS LE GRAND.

LE CORPS . . . Le Soleil dans le Zodiaque.

LE MOT . . Apertè nec extra viam.

Toûjours ouvertement, ſans changer de carrier⸱

POMPE'E.

CEVX qui te firent GRAND, *Ambitieux*
    P O M P E' E,
Furent presque accablés du poids de ta Grandeur,
Et du Sénat Romain la Prudence dupée
Ne déféra jamais un si fatal honneur.

Rome contre Cesar vainement occupée
Ménageant son Rival luy donna trop de cœur,
Et son Autorité par les deux usurpée
Fût à Pharsale enfin le Gage du Vainqueur.

LOUIS *n'écoute point l'ardeur de sa*
    Vaillance,
La suprême raison mesure sa Puißance,
Content de l'exercer, seur de la maintenir :

Aprenés Conquerans, que la Victoire entraisne,
Aprenés, que pouvoir vaincre, & se retenir,
C'est le dernier effort de la Grandeur humaine.

B

DEVISE

POVR CONSTANTIN.

LE CORPS .... Une Chauſſée, qui ſoûtient les Eaux d'un Torrent , leſquelles l'entrouvrent neanmoins en quelques endroits.

LE MOT.... Non undique ſuſtinet.

Il ne ſçauroit partout en ſoûtenir le poids.

DEVISE
POUR
LOUIS LE GRAND.

LE CORPS ...... Le Soleil dans le Zodiaque

LE MOT.... Curis omnibus inſtat.

Il ſait tout , & toûjours, ce qu'il ſait une fois.

CONSTANTIN.

IL n'est point de Grandeur plus juste & mieux
     acquise
Que celle qu'on ajoûte au Nom de CONSTANTIN,
Quiconque en peut doûter, ignore de l'Eglise
Quel fut sous ARIUS le trouble & le destin.

Mais dans ces soins pieux sa prudence s'épuise ,
Et le Soldat sous luy moins brave que mutin ,
Trop mal discipliné, laissant l'Empire en prise,
Est de sa décadence un presage certain.

Guerre, Religion, Paix, Iustice, Finances ,
LOUIS LE GRAND répond à vos devoirs
     immenses,
A mille & mille soins present également :

A plus d'un Monde encor luy seul pourroit
     suffire ;
Et si quelque Ialoux en doute un seul moment,
Qu'il regarde la France, elle peut l'en instruire.

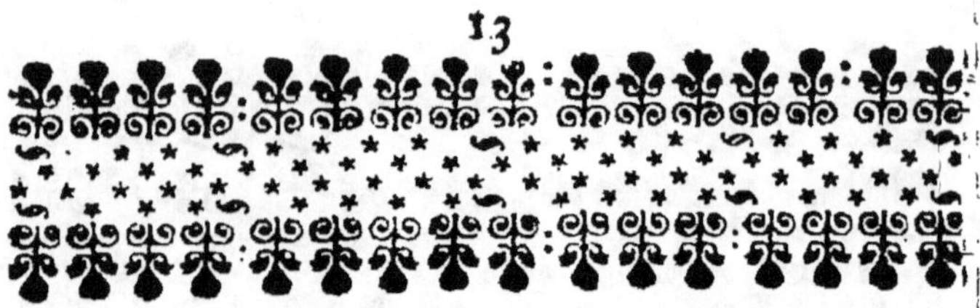

DEVISE
POVR VALENTINIEN.

LE CORPS .... Un Grand Lion, devant qui des
Animaux s'enfuient.

LE MOT .... Satis est vidisse.

Quelle Ame en le voyant n'est de terreur émüe

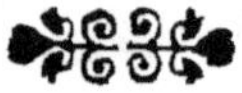

DEVISE
POUR
LOUIS LE GRAND

LE CORPS ..... Le Soleil.

LE MOT ...... Iuvat ora tueri.

Il éclate, il est Grand, il sçait charmer la veüe

VALENTINIEN.

SI VALENTINIEN eût d'un air moins
     severe
Maintenu son Empire, & traité ses Sujets,
L'Histoire des Héros ne nous en monstre guere
Qui se soient distinguez par de si grands succez.

Quoy donc toûjours Chagrin, & le visage
     austere,
Toûjours également de dificile accés?
Vn Prince en cet estat est craint, on le revere,
Mais il peut bien compter, qu'on ne l'aime jamais.

LOUIS dans le haut Rang où le Ciel l'a
     fait naître,   (Maître,
Mesle un air bon & doux à son Grand Air de
Cet air qui des Grandeurs tempére la fierté;

Et sur son Trône enfin en ce jour on peut dire,
Que l'Amour est assis avec la Majesté,
Sans qu'on puisse sçavoir qui des deux a l'Empire.

DEVISE

POVR THEODOSE.

LE CORPS..... Un Feu qui commence à s'allu-
mer prés d'un tas de bois.

LE MOT ¿ . Naſcentis compeſce furoren

Arreſtés ſa fureur quand il commence à naître

DEVISE
POUR
LOUIS LE GRAND

LE CORPS ..... Le Soleil.

LE MOT ....Non diſpare motu.

Toûjours d'un air égal on le verra paraître.

THEODOSE.

Q VE THEODOSE eſt GRAND hors de
Theſſalonique !
Les Barbares partout vaincus ſont repouſſez ;
Son Hiſtoire eſt ſi belle, & ſa vie Heroique
Ne nous ſçauroit fournir de traits plus rehauſſés.

La fureur toutefois d'un courroux frénetique
En paſſant ſur ſes traits les a bien effacés,
A les juſtifier c'eſt en vain qu'on s'applique,
Les plus ſacrez devoirs y ſont trop offenſez.

Mais que LOUIS LE GRAND recom-
penſe, ou puniſſe,
Il conduit d'un méme air ſes Graces, ſa Iuſtice,
Toûjours Tranquile, Iuſte, & jamais emporté ;

Maître de ſes Faveurs, Maître de ſa colere,
La ſupréme raiſon, la ſincere equité,
Le peuvent tour à tour rendre doux & ſevere.

DEVISE
POVR CLOVIS.

LE CORPS ..... Un Lion qui a déchiré plusieur
Animaux.

LE MOT. ... Ferox sua Regna cruentat

Il regne, & toutesois son Empire est sanglant.

DEVISE
POUR
LOUIS LE GRAND

LE CORPS ..... Le Soleil.

LE MOT... Terrarum communis amor

L'Univers est charmé de l'éclat qu'il répand.

CLOVIS.

QV'IL me fâche, CLOVIS, quand je lis
ton Hiſtoire
D'y remarquer des traits qu'on ne ſçauroit loüer ;
Ta vie en a de beaux, il le faut avoüer,
Il en eſt bien auſſi qui terniſſent ta Gloire :

Pour fonder ta Grandeur, CLOTILDE te fit
croire,
Que tu devois pour vaincre à la Croix te voüer :
Mais les Princes meurtris la firent échoüer,
Et leur Sang par ta main à ſoüillé ta mémoire.

Aprés avoir fait voir un Courage élevé,
Viens voir deſſus ton Trône un HEROS achevé,
C'eſt ton ſang le plus pur, qui coûle dans ſes veines.

Il eſt purifié dans LOUIS, & t'apprend
Combien il faut de Roys, combien il faut de Reines
Pour former ici bas un veritable GRAND.

C

DEVISE

POVR IVSTINIEN.

LE CORPS ..... Une Colomne soûtenüe par deu
appuis d'un costé & d'autre.

LE MOT..... Stat stantibus istis.

Il doit à ses appuis cette hauteur supréme.

DEVISE

POUR

LOUIS LE GRAND

LE CORPS .... Le Soleil.

LE MOT.... Est lucis Fons ipse suæ.

De ce brillant éclat, la source est en luy mén

IVSTINIEN.

L E GRAND JUSTINIEN *doit à*
      ſes Capitaines
Ces Exploits ſi Fameux qui firent tant de bruit,
Beliſſaire & Narſés eurent toutes les peines,
Tranquille en ſon Palais il en cüeillit le Fruit.

Par des lâches Flâteurs, & des loüanges vaines
Dans ſon oiſiveté ce Monarque ſéduit
Se croyoit au deſſus des Grandeurs Souveraines
Mais de ſa peſanteur tout le Monde eſt inſtruit.

Si LOUIS a donné par l'effort de ſes Armes
A tant de Potentats de ſi juſtes alarmes,
Il doit toute ſa Gloire à ſes ſoins immortels :

Eſt il quelque Ennemi méme qui ne le diſe?
Elle doit l'élever à l'honneur des Autels,
Et jamais Conquerant ne l'a ſi bien acquiſe.

DEVISE

POVR CHARLEMAGNE.

LE CORPS ..... Un Canon, qui bat les Murs
d'une Ville.

LE MOT..... Si pluribus ictibus inflet

S'il ne les bat souvent un coup n'y sera guere.

DEVISE
POUR
LOUIS LE GRAND

LE CORPS..... Un Lion à la veüe duquel de
Animaux s'enfuyent.

LE MOT...... Semel satis est sensist
furentem.

C'est assez de le voir une fois en colere.

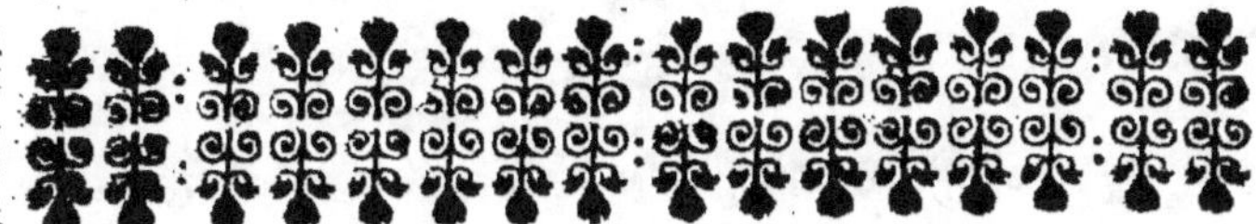

CHARLEMAGNE.

S ANS *parler de Grandeur* A U G U S T E
        C H A R L E M A G N E,
En te nommant on sçait ce qu'on pense de toy,
Et que par mille Exploits l'Italie, & l'Espagne
Signalerent ensemble & ta Gloire, & ta Foy:

Mais armé par huit fois de France en Al-
       lemagne
Tu courus pour ranger les Saxons sous ta Loy:
Plus G R A N D, *& plus heureux d'une seule*
      Campagne   (d'effroy.
L O U I S *marche, & remplit tout l'Vnivers*

Les Armes du HEROS *à vaincre toûjours*
       prestes   (questes,
Peuvent, sans qu'il paroisse, affermir ses Con-
Vn seul de ses Exploits domte mille Ennemis;

Et de delà des Mers tremblants sous sa
       Puissance,
Ne voit on pas venir les Barbares soûmis,
D'abord qu'il les menace, implorer sa Clemence?

DEVISE

POVR ALPHONSE III.

LE CORPS.... Un grand Chien, suivi de plusieurs autres, qui donne la chasse à des Loups.

LE MOT..... Non uni non terga darent.

S'il estoit seul, sans doûte ils sçauroient resister.

DEVISE
POUR
LOUIS LE GRAND.

LE CORPS...... Un Grand Aigle élevé dans les Airs, & qui donne la chasse à tous les Oiseaux.

LE MOT..... Nec omnibus impar.

Sa vaillance est connuë, elle peut tout domter.

ALPHONSE III.

ALPHONSE, *ta Grandeur ne fût pas*
    ton Ouvrage,
L'Histoire nous le dit, & le dira toûjours,
Que des Maures chassez tu dois tout l'avantage
Aux François appellez pour te donner secours :

Leur presence des tiens releva le courage,
Et pour les animer fit plus que les Tambours ;
Mais sous nos Etendars, où leur valeur s'engage
Vn Sort plus Glorieux les attend de nos jours ;

Ils doivent à LOUIS, *dont l'Esprit les*
   anime,   *(nime,*
Tout ce qu'au Champ de Mars ils font de Magna-
Ce HEROS *est partout l'Ame de leurs Ex-*
   ploits.

De ces deux Grands enfin la différence ex-
   tréme,   *(aux François,*
*C'est qu'*ALPHONSE LE GRAND *devoit tout*
Le GRAND LOUIS *ne doit sa Grandeur qu'à*
   soy méme.

DEVISE

POVR OTHON I.

LE   CORPS . . . . . Un grand Chien, qui donne la
Chasse à des Loups, qui veulent forcer un
Parc.

LE   MOT . . . . . Risere latrantem.

S'il ne montre les dents, c'est en vain qu'il aboye.

DEVISE
POUR
LOUIS LE GRAND.

LE   CORPS . . . . . . Un Canon.

LE MOT . . . . Terrebit de longè tonans.

Par son bruit seul il fait trembler sans qu'on
le voye.

OTHON. I.

Othon, jusques à toy, quoique l'His-
    toire dise
De Grand & de pompeux en faveur des Cesars,
Ie ne rencontre point de Gloire bien acquise,
Mais tu me parois sage & GRAND de toutes
    parts :

Cependant par deux fois au secours de l'Eglise
Il te falut marcher contre les fiers Lombars,
Et pour venir à bout d'une telle entreprise
Ne te falut il pas suivre tes Etendars ?

Sans sortir de son Louvre, & sans tirer l'Espée,
LOUIS parle, il sufit ; Rome n'est occupée
Que du soin de fléchir ce HEROS irrité :

S'il laisse un Monument de sa juste vangeance,
Mais ne permet il pas enfin qu'il soit osté ?
Clement quand on le prie & fier quand on
    l'offense.

D

DEVISE
POVR SANCHE. III.

LE *CORPS* ..... Un grand Fleuve coupé par qua-
tre Canaux, qui en diminuë les Eaux.

LE MOT.... Jam Magni nomen inane.

A force d'estre divisées,
Ses Eaux enfin sont épuisées ;
Et de cette Grandeur, dont il eut le renom,
Il ne luy reste que le nom.

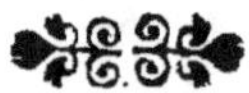

DEVISE
POUR
LOUIS LE GRAND.

LE *CORPS* ..... Le Soleil.

LE MOT.... Dat lucem quam semper
habet.

En mille & mille lieux il répand sa lumiere
Et brille cependant de la même maniere.

SANCHE. III.

PARCE qu'à tes Enfans, partageant ta
    Couronne,
SANCHE, ta vanité sçût en faire des Roys,
As tu crû meriter le tître qu'on te donne ?
Es tu devenu GRAND en perdant de tes Droits ?

Non, ce n'est pas ainsi que le Monde raisonne,
Et le foible parti, dont ton orgueil fit choix,
Ne peut faire admirer ta GRANDEUR à
    Personne,
Des Sages Potentats tu n'auras pas la voix :

Si l'on se faisoit GRAND, en mettant des
    Provinces
En tître de Royaume, & couronnant des Princes,
Les plus Grands Terriens seroient tous des HEROS.

Mais ce n'est pas ainsi qu'on arrive à la Gloire,
LOUIS a mesuré la sienne à ses travaux,
C'est assez pour avoir le haut rang dans l'Histoire.

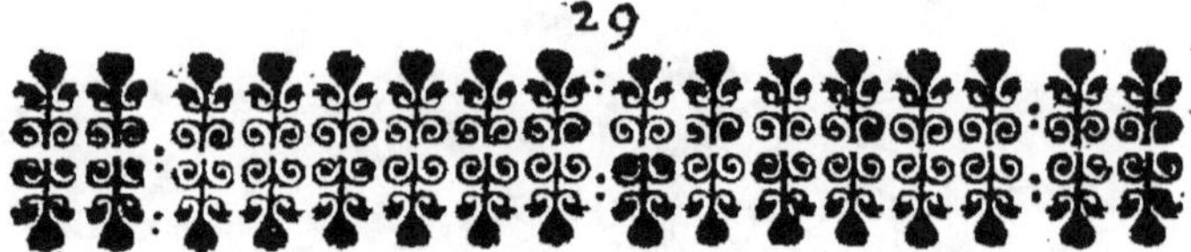

DEVISE
POVR CANVT II.

LE CORPS .... Un Elephant.

LE MOT.... Magnus, ſed toto non Or-
be vagatur.

Il eſt Grand, mais ne peut courir par tout le
Monde.

DEVISE
POUR
LOUIS LE GRAND.

LE CORPS ..... Le Soleil en ſon Midy.

LE MOT ... Spatium metitur utrumque.

Il parcourt, & remplit le Ciel, la Terre & l'Onde.

CANVT. II.

LA GRANDEUR *des* HEROS *eſt de
tous les Climats;*
Chez le Peuple du Nord ſi fier, & ſi ſauvage,
Aprés de longs travaux CANUT *ne fit il pas*
Par le tître de GRAND *diſtinguer ſon courage?*

Mais il vit renfermer dans ces ſombres Eſtats
De ce Nom éclatant le pompeux avantage,
Et comme s'il ſe fût glacé dans les frimats,
Il ne pût ſe répandre, & ſe faire paſſage:

Le Ciel à t'il borné la GRANDEUR DE
LOUIS?
Non, tous les Potentats de ſa Gloire éblöüis
D'un bout du Monde à l'autre adorent ſa Puiſ-
ſance ;

Il eſt à juſte tître & GRAND, & ſans pareil:
Et couvrant l'Vnivers d'une Lumiere immenſe,
On le connoiſt partout, où l'on voit le Soleil.

DEVISE

POVR OTHOMAN. I.

LE CORPS.....Eſt le Croiſſant.

LE MOT..Creſcit fruſtrà inſtabile lumen.

Il croiſt, mais ſa lumiere, eſt foible, elle eſt changeante :

DEVISE
POUR
LOUIS LE GRAND.

LE CORPS.....Le Soleil.

LE MOT. Magnum & immutabile lumen.

Sa lumiere immortelle eſt vive, elle eſt conſtante.

OTHOMAN. 1.

QVAND je vois de quel air tu fondas ta
                        puißance
Superbe Vſurpateur, Tyrannique OTHOMAN,
Le tître Glorieux qu'on te donne m'offenſe,
Et je ne ſçay pourquoy l'on t'a ſurnommé
GRAND?

2. Sois le, ſi tu le peux, mais regarde la France,
LOUIS ſi Genereux, ſi juſte, ſi puißant,
Vois ſi ton ſucceſſeur élevé dans Bizance
N'eut avec tant d'éclat comparer ſon Croißant?

3. Mais ſans ſe meſurer ſur la Foy des Oracles,
Déja pour s'en convaincre, il a vû des Miracles,
Il ſçait bien qu'en Grandeur LOUIS eſt
                        ſans pareil ;

4. Il charme l'Vnivers du haut de ſa cariere,
Sa Gloire efface tout, & ſemblable au Soleil
Dés qu'il paroiſt tout Aſtre eſt ſombre, & ſans
                        lumiere.

DEVISE

POVR TAMERLAN.

LE CORPS .... Une main tenant une Espée nuë
& ensanglantée.

LE MOT .... Sævi regiminis index.

Presage d'un Empire inhumain, & severe.

DEVISE
POUR
LOUIS LE GRAND.

LE CORPS ...... Le Soleil.

LE MOT ..... Luce & virtute gubernat.

Tout sent également sa vertu, sa lumiere.

TAMERLAN.

CHEZ les foibles Humains est il rien de
    si rare
Que de voir un HEROS & parfait & fini ?
Le Ciel fait mille essais, pour un seul qu'il prepare,
Où l'on doit voir l'éclat des autres reüni.

TAMERLAN , est-ce toy ? non ton couroux
    s'égare ,
Ta justice est farouche , & n'a que trop puni ;
Et quoy qu'on n'ait point vû de plus sage Barbare,
Ton nom de GRAND par là toutes fois est terni.

Admire de LOUIS les Vertus sans égales,
Et tu detesteras tes maximes brutales,
Egalement charmé, surpris & convaincu :

Et le voyant si calme au milieu des alarmes,
Feindras tu d'avoüer que Bajazet vaincu
Ne vaut pas ce grand air , dont il quite les
    Armes ?

E

DEVISE

POVR SOLIMAN.

LE CORPS ..... Un grand Lion, qui paroiſt la gueule enſanglantée.

LE MOT.... Sanguine multo.

Son Empire eſt fondé ſur l'horreur du carnage.

DEVISE

POUR

LOUIS LE GRAND.

LE CORPS ...... Un Cigne.

LE- MOT. Placidi magno in pectore mores.

Il joint à la douceur, la grandeur de courage.

SOLIMAN.

S'IL est quelque Héros de Grand dans cét
    Empire,
Qu'on ait vû sur Bizance élever le Croissant,
Sans beaucoup te flâter, SOLIMAN, on peut dire
Que de ces Potentats tu fus le plus puissant :

Propre à tous les exploits, qu'un grand cou-
    rage inspire
Ton nom seul fut l'effroy du Chrêtien, du Persan,
A ton ambition rien ne pouvoit suffire,
C'est là tout ton mérite, & ce qui te fit Grand.

Mais ne te signalant, que par des injustices,
Dans le sang répandu tu trouvas tes delices,
Le soin du GRAND LOUIS n'est que de
    l'épargner.

Et lors qu'à sa Bonté sa Iustice meslée
Enseigne à tous les Roys le grand Art de regner,
Vois combien devant luy ta gloire est ravalée ?

DEVISE
POVR HENRY. IV.

LE CORPS . . . . . . L'Estoile du jour.

LE MOT . . Aduentanti præludit magno.

Des horreurs de la nuit cét Astre nous delivre ;
Son éclat est glorieux :
Si distingué dans les Cieux
Hors celuy qui le va suivre
En est-il, qui brille mieux ?

DEVISE
POUR
LOUIS LE GRAND.

LE CORPS . . . . . Le Soleil.

LE MOT . . . . Prima tenet.

Il est Grand & sans pareil
Il n'est rien qui luy ressemble,
Et tous les Astres ensemble,
Brillent moins que le Soleil.

HENRY. IV.

APRES avoir fourny cette carriere immense,
où la nuit de la gloire étale mille feux,
France, de ces beaux jours reclamez par tes
Vœux,
Enfin HENRY LE GRAND annonce la naißance.

Il a dû sa Couronne à sa seule vaillance,
Il l'arracha des mains de ces Ligueurs fameux,
Qui suivant le transport d'un zele impétueux
Flâtoient de l'Espagnol l'orgüeilleuse esperance.

Ie ne viens pas icy contester ta Grandeur :
LOUIS, la reconnoist, & se fait un honneur,
GRAND HENRY, d'imiter les beaux traits de
ta vie.

Tu peux voir sans chagrin l'Vnivers sous sa
Loy,
Il tire de ton Sang sa Grandeur infinie,
Et la gloire qu'il a d'estre plus Grand que toy.

DEVISE

POVR GVSTAVE.

LE CORPS. Un Lion déchiré par plusieurs Dogues.

LE MOT... Dùm se credit viribus ultrò.

Pour avoir mesuré sa Force à son Courage.

DEVISE
POUR
LOUIS LE GRAND.

LE CORPS .... Un Rinoceror qui aiguise sa dent
contre un Rocher.

LE MOT... Non temerè fertur ad iram.

Il est également & Courageux & Sage.

GVSTAVE.

COMME de l'*Aquilon* l'impétueuse haleine
Courbe & remplit d'horreur les plus hau-
tes Forests ;
Et comme des *Rochers* descendant dans la plaine
Vn fier *Torrent* ravage, entraisne les Guerests ;

Tel GUSTAVE, aspirant à la Grandeur
Humaine,
Remplit tout l'*Vnivers* du bruit de ses hauts faits ;
Mais un peu trop Soldat, trop Vaillant Capitaine,
Il perit & sa Mort causa mille regrets.

L'Invincible LOUIS Maître de son Courage,
Les armes à la main, Vaillant mais toûjours Sage,
Par tout sans s'emporter a cherché les Combats :

Son Nom & sa presence ont fait fuir les
plus braves,   (bras,
Et pour vaincre avec gloire, & mesurer son
Il faudroit que le Monde eut encor des GUSTAVES.

A LA GLOIRE

IMMORTELLE
DV
GRAND DES GRANDS.

DEVISE.

LE CORPS .... Les Cercles Celestes qui representent les neuf Cieux.

LE MOT. Complectitur ultimus omnes.

MADRIGAL.

D**ES** qu'on éleve la veuë,
On comprend aisément, en contemplant des Cieux
    La surprenante étenduë,
Que le dernier de tous est le plus spatieux :
Ainsi, quand de LOUIS on contemple la Gloire,
    On comprend de même aujourd'huy,
Que ces GRANDS si Fameux, si vantez dans
    l'Histoire,
    Ont tous esté moins Grands que luy.

APOSTROPHE AUX GRANDS.

ASTRES *du Firmament vôtre sombre*
lumiere,
Nous permet de fixer nos regards vers les Cieux,
Mais lors que le Soleil entre dans sa Carriere,
Peut-on en contempler l'éclat imperieux ?

Tant que mes Vers n'ont eu que vous seuls
pour matiere,
HEROS *surnommez* **GRANDS**, *tous vos faits*
glorieux,
Tout foible que je suis ne m'embarassoient guére :
Mais **LOUIS** *va paroistre, il faut baisser les yeux.*

Charmé par la Grandeur, confus de ma foiblesse,
Dans mon zele il est vray ma Muse s'interesse,
Et peut elle exprimer ce merite infini ?

En vain à me conduire elle s'est engagée ;
Le moyen de tracer un Eloge fini,
D'un **HEROS** *dont la Gloire est dans son*
Apogée !

F

DEVISES

SUR LE PARALELLE DE
LOUIS LE GRAND.
AVEC LES DIX-NEUF PRINCES
SURNOMMEZ GRANDS,
FAITES PAR MONSIEVR
DE GRAVEROLES,
DE L'ACADEMIE ROYALE
DE NISMES.

I.

UNE Rose de Diamans, au milieu de laquelle on voit un Diamant plus grand, & plus brillant que tous les autres.

Splendet magis omnibus unus.

I I.

Vn Soleil commençant à s'élever sur l'Hori-son, qui par sa clarté efface celle des autres Astres que l'Aurore n'avoit point encore chassés.

Solus fulget.

Si mieux on n'aime

Obscuratis cæteris solus fulget.

Par allusion à ce passage de Ciceron,

Sol cum exortus est, obscuratis cæteris Sy-
deribus solus apparet.

I I I.

Vn Grand Laurier meslé avec plusieurs jeu-nes Lauriers.

Plures inde Coronæ.

I V.

Vn Trebuchet, & dans un de ses bassins un Loüis d'Or; l'autre bassin estant élevé en haut comme le plus leger, quoyque chargé de plusieurs petites pieces d'argent.

Plus valet unus.

44

V.

Vn gros Lion au milieu de quelques Lionceaux.

Nec omnibus aliis impar.

V I.

Le Soleil par rapport aux autres Planettes, ou aux autres Astres, qui sont plus petits que luy, & dont les influances ont infiniment moins de force;

Est nulli tanta cum virtute potestas.

V I I.

Vne Cassolette qui fume, avec quantité de petites vapeurs qui sont à l'entour.

Vix alios fragrare putes.

V I I I.

Vn Ciel tout couvert d'Estoiles, parmi lesquelles on en voit plusieurs de la premiere Grandeur.

Præ Sole nil lucis habent.

I X.

Vn Anneau orné d'une grosse pierre précieuse accompagnée de plusieurs autres plus petites.

Super eminet omnes.

45

X.

Iupiter ſur ſon Aigle avec la Foudre à la main.

Neque Parem, neque Priorem.

par alluſion à ce paſſage de Lucain ;

Non fert Pompeius-ve Parem, Cæſar-ve Priorem.

XI.

Le Pantheon, dans lequel ſuivant l'Hiſtoire Romaine tous les Dieux étoient honorez.

Omnium meruit honores.

XII.

Vn parterre, où l'on voit un Lys haut, élevé ſur ſa tige, environné d'œillets & d'autres fleurs.

Nulli excelſitas Major.

par alluſion à ce paſſage de Pline, lors qu'il parle du Lys ; Nec ulli florum excelſitas major. Le Lys déſigne ordinairement les Roys de France.

XIII.

Vn Aigle fort élevé en l'air, & au deſſous pluſieurs gros Oiſeaux qui ne peuvent pas voler auſſi haut que luy.

Et omnes infra ſe cernit.

XIV.

Le Cercle d'une Roüe qui embraſſe & qui ren-
ferme dix neuf rayons qui ſortent de l'Eſſieu.

Complectitur omnes.

XV.

Le Rameau d'Or de la Sybille, qui ſe fait
diſtinguer par ſon éclat, quoy que confondu
parmy les autres Rameaux d'un Arbre fort toufu,
ſuivant la deſcription qu'en fait Virgile

Micat inter omnes.

Par alluſion à ce paſſage d'Horace, micat
inter omnes Julium Sydus, velut inter ignes
Luna minores.

XVI.

La Venus d'Apellés, qu'il peignit aprés avoir
emprunté, s'il faut ainſi dire, tout ce que les
plus belles Femmes de la Grece avoient de plus
beau, afin de faire un Portrait accompli par
l'amas & par l'union de tant de beautez.

Quæ diviſa colendos efficiunt, collecta tenet

pour dire que le Roy a uni en ſa Perſonne tou-
tes les Vertus, & toutes les Grandes Qualitez
que l'on voyoit ſéparément en la perſonne de tous
les Grands, qui font le ſujet du Paralelle, &

neanmoins qui les ont fait admirer de tout le monde; l'Ame de la Devise est une Allusion à ce passage de Claudien, où il dit en parlant de Stilicon.

> Quæ sparguntur in omnes
> In te mixta fluunt, & quæ divisa beatos
> efficiunt, collecta tenes.

XVII.

Vne allée de Lauriers, ou de Palmiers en perspective, en sorte que le premier de la rangée paroist tel qu'il est naturellement & les autres qui suivent, paroissent toûjours plus petits à mesure qu'ils sont dans un plus grand éloignement.

> Longinqua & proxima cerne, semper major erit.

LOUIS LE GRAND *est plus Grand que tous les Princes qui entrent dans le Paralelle, de quelque tems qu'on les prenne, ou du present Siecle, ou des Siecles éloignez.*

XVIII.

Vn Flambeau auprés d'un grand nombre de Bougies allumées.

> Solus idem præstare potest.

XIX.

Vn Feu de joye, d'où l'on voit élevér fort avant dans les Airs une Fusée, lors que quantité d'autres Fusées ne font que passer de tous costez, sans s'élever.

Micant omnes, at tollitur una.

Pour dire que tous les Princes qui entrent dans le Paralelle du Roy, sont tous couverts de Gloire & tous surnommez Grands comme luy, neanmoins avec cette difference qu'il est infiniment élevé au dessus d'eux par son Mérite & par sa Vertu.

FIN.